PACA, LA MACACA EN LA COCINA

TEXTO E ILUSTRACIONES DE PAULA BROWNE

CALLIS
EDITORA

Esta mona inteligente
a la cocina va poco,

pero hoy, precisamente,
a la mona, de repente,
se le ha prendido el foco.

"¡Voy a hacer un pastel!",
exclamó la flamante cocinera.

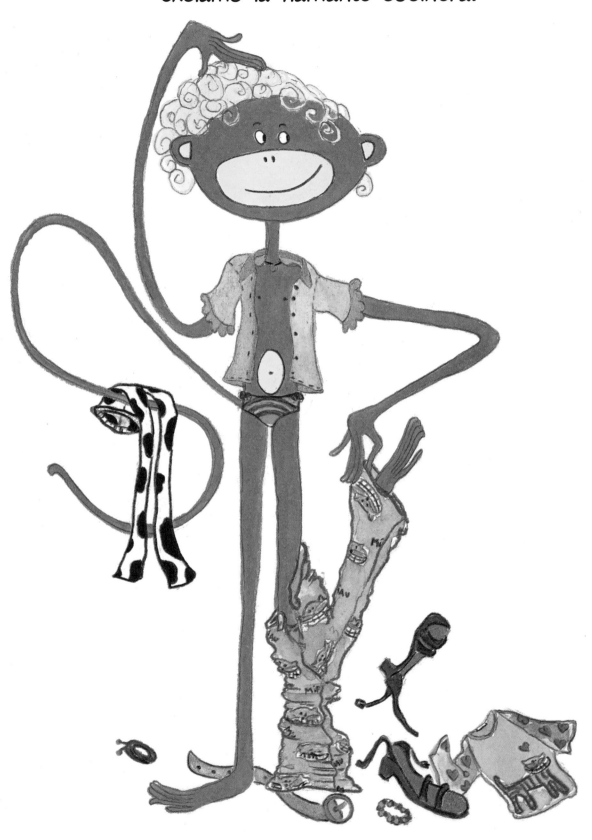

"Pero no de chocolate,
será un pastel de calabacita."

Así dijo la mona, coqueta,
mientras graciosa se prendía
un gorro de chef en la cabeza.

Pero nuevamente se ilumina
esa cabecita loca:

"Necesito una receta",
dijo, tan animada,
que casi se cae de boca.

Buscó en todos sus libros
sobre el asunto en cuestión.

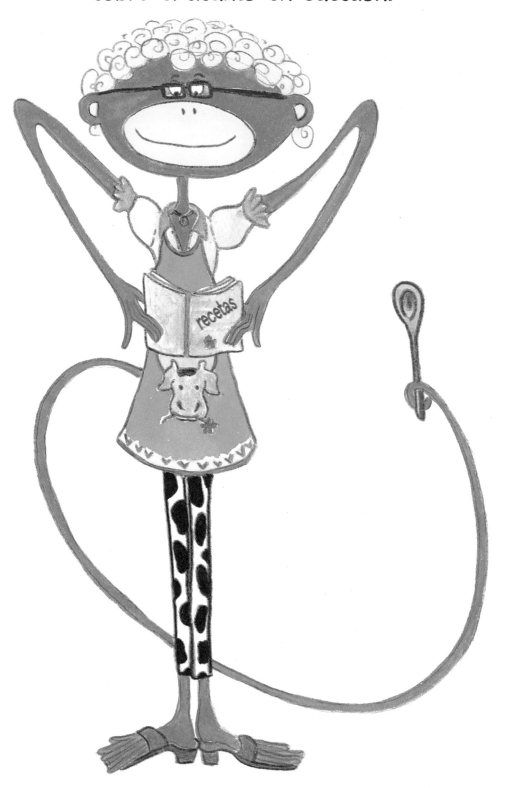

Hasta que en un cuadernillo viejo,
donde tenía sus recetas,
la monita acelerada
encontró lo que buscaba.

Con todos los ingredientes
que Paca tuvo a la mano
no llevó mucho tiempo
que el primero de los pasos
estuviera terminado.

Y la mona satisfecha
puso la masa en el molde,
el molde lo puso en el horno

y luego luego prendió el fuego.
Entonces, para hacer tiempo,
se fue a ver televisión.

¡Esa mona sabe hacer meditación!
El pastel se hornea, mientras ella descansa
y piensa: "Ahorita voy".

Pero el programa de la tele
no estaba en realidad tan bueno,

y la mona, silbando,
salió a colgar una ropita
en el cordón del tendedero.

Fue entonces que un olor a quemado
le llegó hasta la nariz.

Y colgando un par de medias
despistada dijo así:

"Algo se está quemando
en casa de la vecina.
Qué bueno que no cocino
porque si lo hiciera..."

Y soltó este grito repentino:
"¡Se quema mi pastel de ca-la-ba-ci-ta!"

A trompicones corrió
tanto como podía,
quería saber lo que había
sucedido en la cocina.

Y cuando por fin llegó,
¡qué profunda decepción!

Su maravilla de receta
estaba hecha carbón.

La próxima vez,
cualquier otro día,
quédate pendiente, Paca,
para no quedar como ahora,

con la barriga vacía.

Receta del pastel de calabacita
(para preparar con ayuda de un adulto)

Ingredientes

2 huevos
2 tazas de calabacita rallada
    con todo y cáscara
2 tazas de azúcar
2 tazas de harina
1 taza de pasas
1 taza de nueces picadas
1 taza de aceite de maíz
3 cucharaditas de vainilla
3 cucharaditas de canela
1 cucharadita de polvo de hornea
1 cucharadita de nuez moscada
1 cucharadita de bicarbonato
1 pizca de sal

Mezcla todos los ingredientes
con una cuchara de madera.

Pon la mezcla en un molde,
previamente engrasado y enharinado.

Precalienta el horno a fuego medio.
Coloca el molde en el horno,
también a fuego medio.

Tiempo de horneado: una hora.

LA AUTORA

MI NOMBRE ES PAULA Y SOY LA AUTORA
DE ESTE LIBRO.
SOY CARIOCA PERO AHORA VIVO EN SAO PAULO.
ANTES DE ESCRIBIR LIBROS INFANTILES,
ESTUDIÉ PINTURA Y MODA.
HACÍA CUADROS QUE MOSTRABAN UN POCO
LOS JUEGOS Y LAS FÁBULAS DE LA INFANCIA.
TODAVÍA LE COSO ROPA A CLARA.
¡AH! SOY CASADA Y CLARA ES MI HIJA.
ELLA, COMO LA MONA,
ADORA LEER E INVENTAR HISTORIAS.

Titulo original en portugues: A macaca na cozinha

Traducción y adaptación del original para el español: Isaías Isabel

Datos Internacionales de Catalogación en la Publicación (CIP)
(Cámara Brasileña del Libro, SP, Brasil)

Browne, Paula
Colección Paca la macaca / Paula Browne;
ilustraciones de la autora.
— São Paulo: Callis, 2003.

Obra en 4 v.
Contenido:
El cumpleaños de la mona —
— Paca la macaca en la cocina —
Paca la macaca va al mercado
—Qué desbarajuste, Paca.

1. Literatura infanto-juvenil
2. Poesias infantiles
I. Título.

03-4946   CDD-028.5

Índices para catálogos sistemáticos

1. Poesia: Literatura infantil   028.5
2. **Poesia: Literatura infanto-juvenil**   028.5

ISBN 85-7416-210-8

2003
Callis Editora Ltda.
Rua Afonso Brás, 203 - 04511-010 - São Paulo - SP - Brasil
Tel.: (55 11) 3842-2066 • Fax: (55 11) 3849-5882
E-mail: vendas@callis.com.br